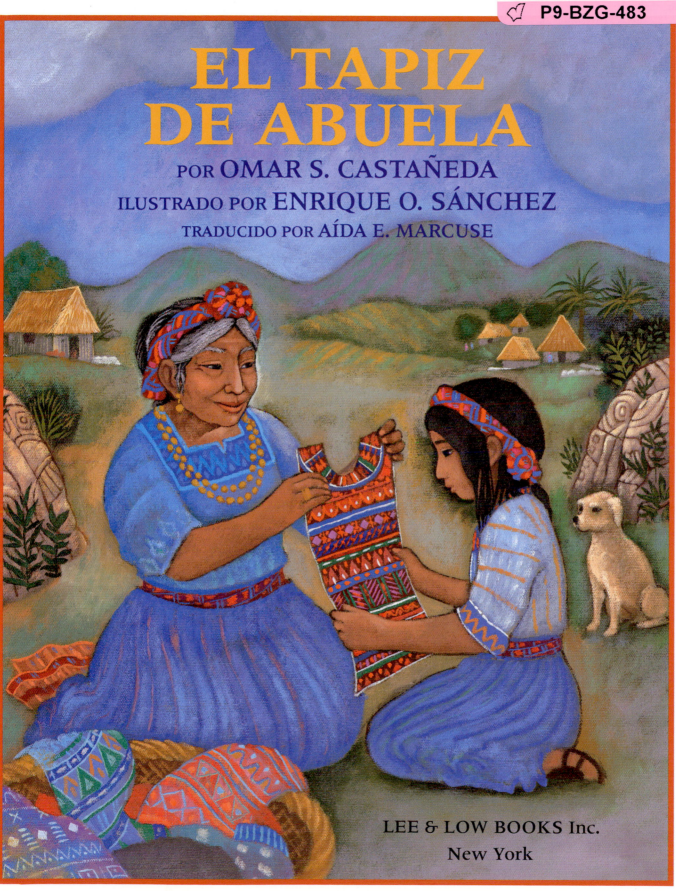

EL TAPIZ DE ABUELA

POR **OMAR S. CASTAÑEDA**

ILUSTRADO POR **ENRIQUE O. SÁNCHEZ**

TRADUCIDO POR **AÍDA E. MARCUSE**

LEE & LOW BOOKS Inc.

New York

Printed in Hong Kong by South China Printing Co. (1988) Ltd.
Book Design by Christy Hale
Book Production by The Kids At Our House
The text is set in Meridien Medium
The illustrations are rendered in acrylic on canvas
10 9
First Edition

Library of Congress Cataloging-in-Publication Data

Castañeda, Omar S.
[Abuela's weave. Spanish]
El tapiz de abuela/por Omar S. Castañeda; ilustrado por Enrique O. Sánchez;
traducido por Aída E. Marcuse. —1. ed.
p. cm.
ISBN 1-880000-11-3
[1. Guatemala—Fiction. 2. Grandmothers—Fiction. 3. Spanish language materials.]
I. Sánchez, Enrique O., ill. II. Title.
PZ73.C373 1993   93-38628
[E]—dc20
CIP AC

—Hala fuerte —dijo Abuela—. Dale un buen tirón, para que las hebras queden bien unidas, como una familia.

—Sí, Abuela.

Esperanza pasó la lanzadera por la abertura del tejido y empujó la barra hacia abajo con toda su fuerza.

Abuela estaba arrodillada junto a ella, frente a un telar sujeto por tiras de cuero. Ambos telares estaban amarrados al mismo árbol, en medio del caserío familiar. La madre de Esperanza daba de comer a las gallinas y a los cerdos detrás de la cabaña principal, mientras que el padre y los hermanos trabajaban en los cultivos de maíz, frijoles y café.

—Estás aprendiendo —dijo Abuela.

Esperanza miró a su abuela con el rabillo del ojo. Sabía que estaba nerviosa pensando en el mercado. Su madre decía que los huipiles y tapices que hacía la abuela podían deslumbrar a todo el mundo. Pero hoy en día, más y más prendas eran hechas a máquina.

Esperanza estaba preocupada pensando que la gente se reiría de su abuela por la mancha de nacimiento que tenía en la mejilla, como ya lo hicieran unos niños antes. Habían hecho correr el rumor de que Abuela era una bruja, y ahora mucha gente temía comprarle cosas.

— ¿Estás soñando despierta otra vez? —preguntó Abuela.

—Sí, Abuela.

—Bueno — dijo la anciana secamente—, mejor te apuras, porque faltan pocos días. Todavía tienes mucho que hacer y habrá otra gente vendiendo las mismas cosas que tú.

—No te preocupes, Abuela. Trabajaré hasta que nos marchemos.

Así lo hizo. Esperanza trabajaba con su abuela desde antes del amanecer hasta mucho después de la puesta del sol, cuando la luna estaba alta y la fogata del caserío esparcía un delicioso olor a pino.

No le enseñaron a nadie su trabajo, ni siquiera a la madre de Esperanza, porque estaban tejiendo algo muy especial, y querían esperar hasta la Fiesta de Pueblos, en Guate, para mostrarlo.

Pronto llegó el día. Hacía un sol radiante, y las hojas de los árboles brillaban con la lluvia de la noche anterior, lo que a Esperanza y a su abuela les pareció de buen augurio. Abuela se vistió de negro, como una mujer enlutada, y se cubrió los hombros y la cara con un mantón, de manera que sólo se le veían los ojos.

Esperanza, en cambio, lucía su huipil favorito: una blusa blanca con el cuello rectangular, bordado con hebras rojas, azules y verdes. Abajo de la franja, los colores se fundían en azul y plateado y, ocultos en los intrincados diseños de la blusa, pequeños quetzales volaban libremente entre las hebras, como solían hacerlo en las grandes selvas de Guatemala.

Esperanza llevaba sobre la cabeza una gran canasta de paja con sus huipiles, manteles, faldas y el maravilloso tapiz.

Caminaba rápidamente por el camino de tierra de Santa Cruz hasta llegar a la carretera, donde tomarían la camioneta que iba a Guate.

Abuela iba varios pasos detrás de ella. Había insistido en que debían aparentar no conocerse.

—Así, si mi mancha de nacimiento asusta a los clientes, todavía se acercarán a ti para comprar —le explicó Abuela.

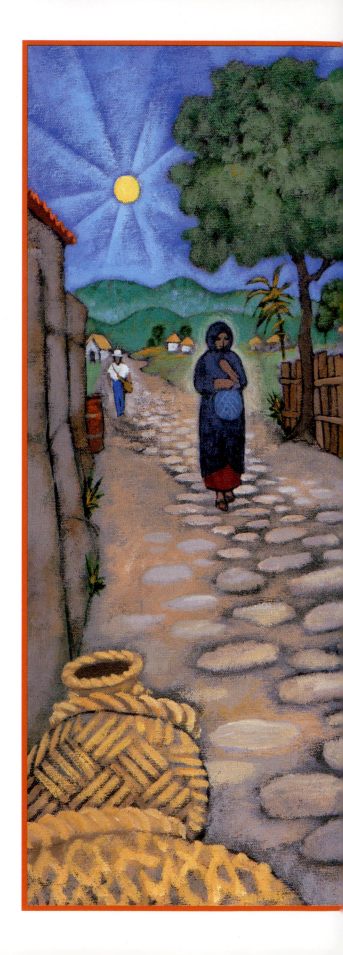

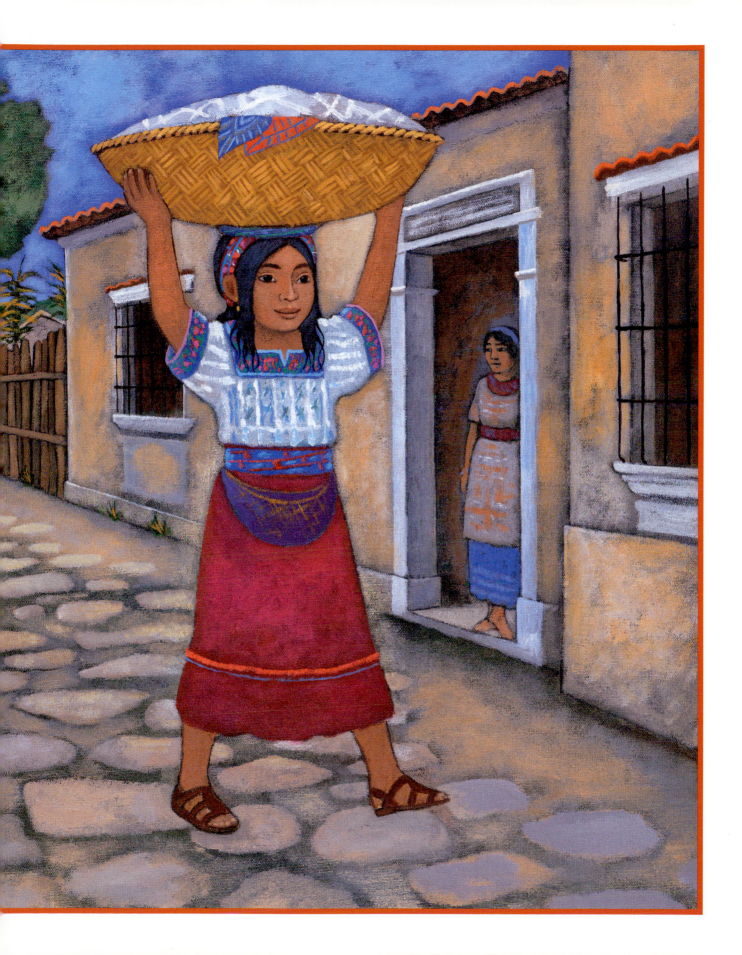

Cuando llegó la camioneta, Abuela ni la ayudó a levantar la
pesada canasta para dársela a los muchachos que amarraban los
bultos en el techo.

Ya adentro, se sentaron a tres asientos de distancia, como si fueran personas desconocidas, que vivían en distintas aldeas, sin antepasados comunes.

Cuando llegaron, el ruido de la ciudad era ensordecedor. Grandes autobuses circulaban por las estrechas calles, emitiendo nubes de humo negro. Se escuchaba el bullicio de las bocinas y la gente caminaba de prisa y agitada por las aceras. Más que nada, Esperanza quería salir de la Sexta Avenida, donde la gente se apretujaba en los pasajes y los vendedores gritaban desde los comercios o desde los cientos de carritos que bloqueaban las aceras y las calles. Se sentía acorralada, los pulmones le dolían por el humo que echaban los automóviles y autobuses, y le zumbaban los oídos con los ruidos de los frenos, las bocinas, los gritos de la gente y los silbidos de los policías.

Esperanza caminaba rápido, con la canasta firme sobre la cabeza, tratando de fijar su atención en los puestos preparados para la fiesta en el Parque Central y de no pensar en la conmoción general.

Caminaba apresuradamente, zigzagueando
para llegar a la Octava o a la Séptima Avenida,
donde había menos ruido, cuando de pronto se
detuvo para ver si Abuela todavía la seguía. Buscó
la cara conocida entre la muchedumbre, las
canastas, los cascos y los sombreros. Se hubiera
conformado con vislumbrar el mantón de su
abuela, como un mirlo saltando de rama en rama
en una selva de gente, pero no logró verla.
Esperanza siguió camino al mercado, deseando
que Abuela eventualmente la encontrara allí, entre
los demás vendedores.

Cuando Esperanza llegó, ya todos los puestos estaban tomados. Mujeres y viejos la alejaban o ignoraban cuando les pedía ayuda.

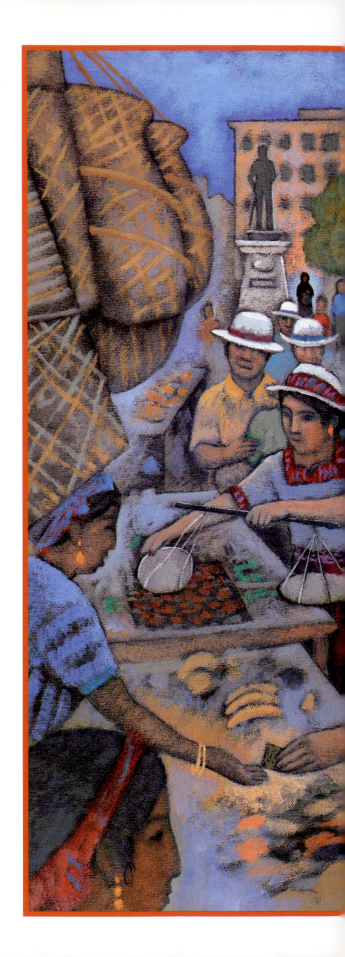

Al final, tuvo que conformarse con colocar su canasta entre los angostos pasillos que separaban dos puestos. A un lado, una familia de Antigua vendía cerámicas, reproducciones de artefactos mayas, y prendas tejidas en alguna de las muchas fábricas.

Al otro lado, una mujer vendía largas piezas de tela, instrumentos musicales y bolsos. Éstos tenían cierres de cremallera, cosidos a máquina en la capital, con largas y coloridas asas plásticas.

Todo era tan hermoso, pensó Esperanza. Tal vez nadie le compraría nada. Ella y su abuela volverían a Santa Cruz sin dinero, habiendo malgastado tantas horas, y su familia estaría decepcionada.

Esperanza sacó sus cosas, las colocó una por una en largas varillas, y las colgó en los listones a ambos lados. Se sentía terriblemente sola. Su pobre Abuelita ni siquiera parecía estar cerca.

Poco a poco, la gente comenzó a detenerse y a señalar el elaborado tejido de Esperanza. Tanto los turistas como los guatemaltecos se acercaban a su rinconcito y admiraban el hermoso trabajo que tenían frente a ellos.

El gran tapiz resplandecía con imágenes de Guatemala. Esperanza y Abuela habían trabajado en los intrincados símbolos de la historia del país. Había heroínas y héroes inspirados en el *Popol Vuh*, el libro sagrado de los mayas. Y en una esquina, un hermosísimo quetzal parecía vigilar el tapiz desde una jaula blanca.

En las manos de Esperanza los colores del tapiz brillaban tan intensamente como el sol sobre el Lago Atitlán.

La gente se iba de los otros puestos y se detenía para admirar el tejido de Esperanza. Cuando levantó la vista, Esperanza vio a su Abuela. Una gran sonrisa le iluminaba la cara, y también la mancha de nacimiento.

Pronto vendieron todo lo que habían traído. Cuando se les acabó la mercancía, mucha gente quedó decepcionada. Pero Esperanza les prometió traer nuevas cosas al mes siguiente.

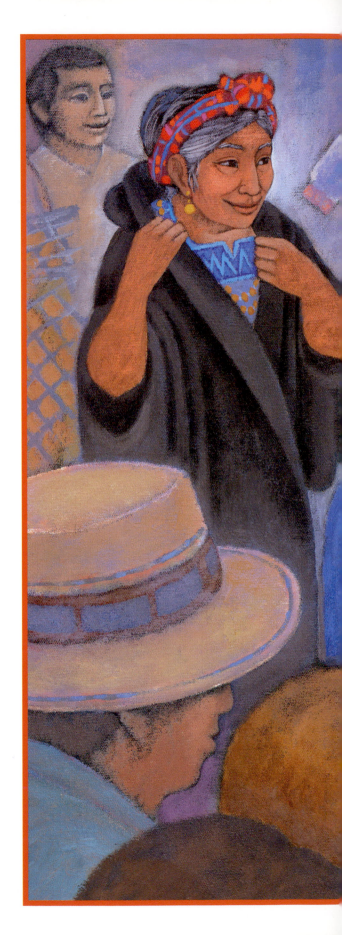

Abuela y nieta regresaron a Santa Cruz sentadas una al lado de
la otra, con los suaves y ágiles dedos de Esperanza enlazados en las
viejas y arrugadas manos de Abuela.